# CATALOGUE

DE

# BELLES GRAVURES

## MODERNES ET ANCIENNES

### EAUX-FORTES SUR PAPIER DU JAPON

ÉPREUVES D'AMATEURS

## PHOTOGRAPHIES

### TABLEAUX ANCIENS

# LIVRES MODERNES

SUR LES ARTS, LA LITTÉRATURE ET L'HISTOIRE

## COLLECTION COMPLÈTE DE LA GAZETTE DES BEAUX-ARTS

CATALOGUES ILLUSTRÉS

DONT LA VENTE AURA LIEU

## HÔTEL DROUOT, SALLE N° 5

## Le Lundi 5 Novembre 1877

A DEUX HEURES

---

M<sup>e</sup> **CHARLES OUDART**, COMMISSAIRE-PRISEUR

81, rue Le Peletier

EXPERTS

POUR LES GRAVURES ET TABLEAUX     POUR LES LIVRES

## M. GANDOUIN     M. A. AUBRY

42, rue Le Peletier     18, rue Séguier

Chez lesquels on trouve le Catalogue

---

## EXPOSITION PUBLIQUE

LE DIMANCHE 4 NOVEMBRE 1877, DE 1 HEURE A 5 HEURES

---

**La Vacation commencera par les Livres**

## CONDITIONS DE LA VENTE

Elle sera faite au comptant.

Les adjudicataires payeront *cinq centimes par franc* en sus des enchères, applicables aux frais.

---

L'Exposition mettant les Adjudicataires à même de se rendre compte de l'état et de la nature des objets, il ne sera admis aucune réclamation une fois l'adjudication prononcée.

# DÉSIGNATION

---

## EAUX-FORTES

SUR PAPIER DU JAPON ET ŒUVRES DES AQUA-FORTISTES MODERNES

1. — FLANDRIN..... Entrée de Jésus à Jérusalem; montée de Jésus au Calvaire; gravé par J.-B. Poncet.

2. — SCHEFFER (A.). Marguerite à la fontaine, épreuve avant la lettre, gravée par Flameng.

3 — BRION......... La Lecture de la Bible, gravure par Rajon.

4. — INGRES........ La Stratonice, épreuve avant la lettre, gravure par Flameng.

5. — COIGNIET (L.).. Les Quatre Saisons, — salle du Zodiaque à l'ancien hôtel de ville, gravé par Outhwaite.

6. — INGRES........ Apothéose de Napoléon I$^{er}$, gravure par Salmon.

7. — Six gravures par divers, d'après les peintures de l'église Saint-Eustache.

8. — Portrait de J. Gigoux, gravé par Dien.

9. — L'Illustration nouvelle. Eaux-fortes, 8ᵉ année.

10. — L'Eau-forte en 1877, n° 3 sur japon.

11. — L'Eau-forte en 1877, édition ordinaire.

12. — La Butte des Moulins, par le docteur Moura, Eaux-fortes de A.-P. Martial, papier japonais n° 5.

13. — Seize pièces de la Société française de gravure, d'après Raphaël; trois pièces Lumi; trois pièces Lehmann, Prud'hon, Champaigne, Rosso, Corrége, Le Sueur, Rembrandt, Titien, Membing, Nanteuil.

14. — Eaux-fortes par Lièvre, d'après des objets d'art anciens.

15. — PROUD'HON.... L'Amour allumant son flambeau, gravé par Flameng.

16. — GASSIUS....... Ville italienne.

17. — BROWNE (H.).. Frère et sœur.

18. — FLANDRIN..... Adam et Ève, gravure par Poncet.

19. — INGRES........ Œdipe et le Sphinx, gravé par Gaillard.

20. — DAUBIGNY..... Un Pacage.

21. — BIN........... La Création de la femme, gravure par Ramus.

22. — LAMBERT (E.).. Le Relais.

37. — LORRAIN (C.)... Paysage italien, gravé par M. La-
lanne.

38. — GÉRICAULT..... Les Barbiers, gravé par Durand.

39. — BARBARY ...... La Vierge à la Fontaine, gravé
par Gaucherel.

40. — BELLIN (J.)..... La Vierge et l'enfant, gravé par
Gaillard.

41. — BELLIN (J.)..... La Vierge et plusieurs Saints,
gravé par Gaillard.

42. — FRANCIA ....... La Madone de Gonstavillani, gravé
par C. Regnault.

43. — HEMLING....... Vierge au donataire, gravé par
Flameng.

44. — 5 reproductions d'après Michel-Ange, A. Durer,
Paul Potter, Mantigna, Nicoleto de Modène et
autres, en tout sept pièces.

45. — OSTADE........ Intérieur de cellier; eau-forte
moderne.

46. — BRONZINO...... Portrait de jeune homme, gravé
par Desveaux.

47. — HALS.......... Portrait d'homme, gravé par Jac-
quemart.

# GRAVURES ANCIENNES

48. — OSTADE........ La Foire hollandaise, gravé en couleur par Janinet.

49. — Le Serment du jeu de Paume, d'après L. David, gravé par Jazet.

50. — La Pièce curieuse, d'après L. Boilly, gravé par Darcis.

51. — Rempailleur de chaises, gravé en couleur d'après C. Vernet, par Debacourt.

52. — La Madeleine, d'après Greuze, gravé par Pascal avant la lettre.

53. — Le Départ, le Retour, 2 pièces couleur. A Paris, chez Bance.

54. — Le Couvent, le Coffre, 2 pièces couleur par Baricolo.

55. — La Prise de la Bastille, dédiée aux Parisiens, gravé par Testard.

56. — Vue du quai Saint-Paul et de la porte Saint-Bernard; Demachy et Descourtes.

# GRAVURES ANCIENNES

### RELATIVES AU DÉPARTEMENT DE SEINE-ET-OISE

57. — Vues de Versailles, Saint-Cloud, Trianon et autres, d'après le chevalier de Lespinasse et autres.

**58.** — 9 Vues de Versailles, gravées par Rigaud.

**59.** — 100 Pièces, gravures anciennes et modernes sur les villes et châteaux du département de Seine-et-Oise.

**60.** — 200 Pièces, gravures relatives au château, pièces d'eau, plans et vues de Versailles.


## GRAVURES MODERNES


**61.** — DELAROCHE (Paul). La Visitation et pendant; deux pièces avant toute lettre, gravure par Henriquel Dupont.

**62.** — RAFFET, JOHANNOT (T.), VERNET (H.). — Dix épreuves sur chine avant toute lettre, sujets relatifs à la *conquête de l'Algérie,* gravure *par Lavoignat.*

**63.** — MEISSONIER....... Le Renseignement.

— Le Quart d'heure de Rabelais.

— Le Maréchal ferrant.

— La Rentrée nocturne.

— L'Ordonnance.

— La Lecture intime.

Épreuves d'essai tirées à part sur chine et sujets des contes Rémois du comte de Chevigné; gravé par Lavoignat.

64. — MEISSONIER....... Le Maître de Lazarillo de
Tornes.

—          Lazarille de Tornes chez le
fripier.

—          Lazarille de Tornes.

—          Lazarille et le mendiant.

Épreuves d'essai avant toute lettre sur papier de chine;
gravé par Lavoignat.

65. — MEISSONIER....... Les Joueurs de cartes ; épreuve
d'essai avant toute lettre,
sur chine, gravé par Lavoignat.


# PHOTOGRAPHIES


66. — Huit Photographies du Caire; et deux vues, ruines de
Saint-Cloud.

67. — Deux Photographies : grand escalier de l'hôtel de....

68. — Photographies d'après H. Merle, Heilbuth, Knans,
H. Vernet, Fromentin, A. Duval, Achenbach,
Saal, Ranvier, Hugrel, Zamacois, Gérôme, Ber-
trand, Bouguereau, de Curzon, Beyschlag, Bau-
gniet, Aubert, Hamon, Marié, Gracomotti, Vibert,
Leroux, Tassaert, Chaplin, Daubigny, Saint-Jean,
Duverger, Worms de Beaumont. (35 pièces, sera
divisé.)

69. — Vingt pièces photographies : vues des ruines de Paris après l'insurrection de la Commune.

70. — *Le Salon de 1876 :* photographies de Goupil.

## TABLEAUX ANCIENS

71. — MEZZETTINI...... Intérieur du musée de Florence. (Signé et daté).

72. — VALLIN ......... Vénus assise. (Signé).

73. — ZURBARAN ....... Portrait de femme.

74. — LACROIX (*dit de* LACROIX DE MARSEILLE). Tempête près d'un port. (Signé et daté).

75. — GILLIQ (J.)....... Poissons et instruments de pêche.

76. — HERRERA (LE VIEUX). Communion de Sainte-Marie l'Égyptienne.

77. — BOILLY (L.).. ..... La Toilette.

78. — Tableaux et gravures non catalogués.

# LIVRES

79. **About** (E.). OEuvres diverses. 6 vol. in-8 et in-12, d.-rel. chag.

> Le Progrès. Rome contemporaine. La Question romaine. Salon de 1857. L'Infâme. Le Nez d'un Notaire.

80. **Album** de Marcelin. 1868, in-4, perc. tr. dor. — Les Femmes de France, par de Trailles, dessin par Hadol. 1872. Gr. in-8, d.-rel. v. f. Ens. 2 vol. *Figures.*

81. **Aubert**. La Petite Pantoufle, roman chinois. *Paris,* s. d., gr. in-8, d.-rel. dos et coins maroq. citr. *Eaux-fortes.*

82. **Balzac**. OEuvres complètes. *Paris, Lévy,* 1875. 42 vol. in-18, d.-rel. chah. viol.

83. **Briart**. A travers l'Amérique. *Paris,* s. d., gr. in-8, d.-rel. chag. bl. *Figures par Lix.*

84. **Bibliothèque latine-française** (Nouvelle). *Paris, Garnier,* 67 vol. in-12, d.-rel. chag. vert.

> Cicéron. Tite-Live. Ovide. Térence. Eutrope. Quinte-Curce. Virgile. César. Claudien. Pétrone. Martial. Valère. Maxime. Sénèque. Suétone. Catulle. Tibulle. Properce. Lucain. Juvénal. Phèdre. Aulu-Gelle. Quintilien. Salluste. Justin. Pline le Jeune. Horace. Lucrèce. Velleius-Paterculus. Saint Jérôme. Apulée.

85. **Blanc** (Ch.). Histoire des peintures de toutes les Écoles. 2 vol. gr. in-4, d.-rel.

> 100 livraisons des Écoles Française, Flamande et Hollandaise.

86. **BLANC (Ch.).** Le Trésor de la Curiosité. *Paris, Renouard,* 2 vol. in-8. br.

> Exemplaires sur papier vergé.

87. **BOCHER (E.).** Les Gravures françaises au xviii° siècle. Catalogue raisonné de l'œuvre de P.-A. Baudouin. *Paris, Rapilly,* 1875, in-4, br. *Figures.*

88. **BRIZEUX (A.).** OEuvres. *Paris, Lemerre,* 1874. 4 vol. in-18, dos et coins chag. n. tête dorée, n. rog. *Portrait.*

89. **BURGER.** Galerie de MM. Pereire. *Paris,* 1864. — La Collection de M. C. Marcille, par G. Duplessis. *Paris,* 1876. 2 vol. br. gr. in-8, *Eaux-fortes.*

90. **CASTILLE (H.).** Histoire de la seconde République française. *Paris,* 1854, 4 vol. in-8, d.-rel. chag. roug.

91. **CATALOGUE** des Tableaux modernes compr. la Collection Jacobson. *Paris,* 1876, gr. in-8, pap. de Holl. br. *Eaux-fortes.*

92. **CHAMPFLEURY.** Histoire de la Caricature au moyen âge, sous la République, l'Empire et la Restauration. *Paris, Dentu,* 1874. 2 vol. in-11, br. *Fig.*

93. **CHIPIEZ.** Histoire critique des origines et de la formation des Ordres grecs. *Paris, Morel,* 1876, in-4, br. *nomb. fig. dans le texte.*

94. **COLLECTION** de feu M. Van Walchren van Wadenoyen. Tableaux modernes. *Paris,* 1876, gr. in-8, pap. de hollande, br. *Eaux-fortes.*

95. Collection de M. le Ch<sup>er</sup> J. de Lissingen. *Paris,* 1876.
gr. in-8, pap. de Holl. br. *Eaux-fortes.*

96. Collection du duc de Berwick et d'Albe. Tableaux par
Velazquez, Murillo, Rubens. *Paris,* 1877, gr. in-8,
pap. de Holl., br. *Eaux-fortes.*

87. Collection Faure. Tableaux modernes. *Paris,* 1873, gr.
in-8, br. *Eaux-fortes.*

98. Didot (A.-F.) Les Drevet. Catalogue raisonné de leur
œuvre. *Paris, Didot,* 1876, in-8, br. *Portr.*

99. Enault (L.). Londres. *Paris, Hachette,* 1876, gr. in-4,
br. *174 gravures sur bois par G. Doré.*

100. Galeria de Cuadros escogidos del real museo de pinturas
de Madrid, por C. Alabera. *Madrid,* 1861, gr. in-8.
br. *Planches.*

101. Galerie Delessert, par Ch. Blanc. *Paris, Claye,* 1869,
gr. in-8, pap. de Holl. br. *Eaux-fortes.*

102. Galerie Oppenhein. Catalogue des Tableaux et Objets
d'art. *Paris,* 1877, gr. in-8, br. *Eaux-fortes par Mon-
gin, Lemaire, Greux, etc.*

103. Gazette des Beaux-Arts. Courrier européen de l'Art et
de la Curiosité. *Paris,* 1859-76. 27 vol. gr. in-8, dos et
coins de chag. bl., têtes dorées, n. rog. et livraisons.
*Planches.* — Chronique des Arts. 1863-1876, 11 vol.
gr. in-8 et in-folio. d.-rel. chag. rouge, et n<sup>os</sup>.

104. **Gazette des Beaux-Arts**. Années 1859 à 1866, en livraisons.

105. **Géographe Parisien** (Le), ou le Conducteur des rues de Paris. *Paris,* 1769, 2 vol. in-8, rel.

106. **Goncourt** (E. et J. de). Gavarni, l'homme et l'œuvre. *Paris, Plon,* 1873. — Gavarni, étude par J. Duplessis. *Paris,* 1876. Ens. 2 vol., in-8, br. *Portr. et figures.*

107. **Gourdault**. L'Italie. *Paris. Hachette.* 1877. gr. in-4, br., *450 grav. sur bois.*

108. **Helmholtz**. Théorie physiologique de la musique. *Paris, Masson,* 1868, in-8, br. *Figures.*

109. **Hennin**. Manuel de Numismatique ancienne. *Paris, Merlin,* 1872. 2 vol. in-8, et atlas br.

110. **Hubner** (le baron de). Promenade autour du monde, 1871. *Paris, Hachette,* 1877, in-8, br. *Nombr. gravures sur bois.*

111. **Hugo** (V.). Œuvres. *Paris, Hachette,* 1875, 21 vol. in-12, d.-rel. chag. viol.

112. **Hugo** (V.) Les Travailleurs de la Mer. *Paris,* 1877, gr. in-8, br. *Figures.*

113. **Imitation de Jésus-Christ** (Les quatre livres de l'). Trad. par Michel de Marillac, préf. par E. Caro. *Paris, Jouaust,* 1875, gr. in-8, pap .de Hollande, d.-rel., dos et coins maroq. noir, tête dorée n. rog. *Dessins par H. Lévy, gravés à l'eau-forte par Waltner.*

114. **Imitation de Jésus-Christ**. Trad. de Michel de Marillac,

préf. par L. Veuillot. *Paris, Glady*, 1876, in-8, dos et
coins maroq. noir, tête dorée. n. rog. *Figures à l'eau-
forte.*

115. LACROIX (P.) Sciences et Lettres au moyen âge et à
l'époque de la Renaissance, *Paris, Didot*, 1877, gr. in-8,
br. *Figures noires et en couleur.*

116. LACROIX (P.) xviiie siècle. Institutions, usages et cos-
tumes. *Paris, Didot,* 1875, grand in-8, br. *Figures noires
et en couleur.*

117. MICHEL-ANGE (L'Œuvre et la Vie de), par Ch. Blanc,
P. Mantz, E. Guillaume, Ch. Garnier, G. Duplessis, etc.
*Paris, Gazette des Beaux-Arts*, 1876, gr. in-8, d.-rel.
dos et coins maroq. br., tête dorée, n. rog. *Portr. et
nombr. gravures.*

118. MICHELET. L'Insecte. *Paris, Hachette,* 1876, gr. in-8,
d.-rel. ch. n. *Vignettes sur bois par Giacomelli.*

119. PIÉRART. Histoire de Saint-Maur-des-Fossés, Charenton,
Vincennes et Boissy-Saint-Léger. *Paris*, 1876, 2 vol.
gr. in-8, d.-rel., chagr. viol. n. rog. *Carte et figures.*

120. PRÉVOST (l'abbé). Manon Lescaut. *Paris, Glady,* 1875,
in-8, br. *Eaux-fortes, par L. Flameng.*

121. SAINTE-BEUVE. Causeries du Lundi. *Paris, Garnier,* 15
vol. — Nouveaux Lundis. *Paris, Lévy,* 13 vol. — Portraits contemporains. *Paris, Lévy,* 5 vol. Ensemble
33 vol. in-12, d.-rel. chagr. plats en toile.

122. Sand (G.) OEuvres. *Paris, Lévy,* 52 tomes en 26 vol.
in-12. d.-rel. chagr. vert.

123. Schuré. Le Drame musical. *Paris, Sandoz,* 1875, 2 vol.
in-8, br. *Figures.*

124. Sévigné (M^mo de). Lettres choisies. *Paris, Hachette,*
1870, gr. in-8, p. rel. chag. rouge, tr. dor. *Portraits.*

125. Tableaux anciens. Marbres, bronzes et objets d'art. Vente
après décès de M^me B. (16-18 avril 1877), gr. in-8,
papier de Hollande, br. *Faux-fortes.*

126. Théatre moderne. Pièces par E. Augier, A. de Musset,
Bouilhet, Sandeau, V. Séjour, Scribe, Barrière, Feuillet,
Ponsard, Sardou, Murger, Meurice, A. Dumas fils,
G. Sand, etc., publiées la plupart chez Lévy. En 30 vol.
in-12, d.-rel. v. fau.

127. Vente Sedelmeyer, comprenant ses tableaux modernes
des Écoles française et étrangère. *Paris,* 1877, gr.
in-8, br. *Eaux-fortes par Bracquemond, Courty, etc.*

128. Ver Huell. Jacobus Houbraken et son œuvre. *Arnhem,*
1875, 2 vol., gr. in-8, cart. *Portrait.*

129. Livres non Catalogués.

PARIS. — Impr. J. CLAYE. — A. QUANTIN et C^e, rue Saint-Benoît. — [1945]